脆弱練習

陳繁齊——著

致沒有被光眷顧的那塊黑
以及我的防備

目錄 CONTENTS

參

字眼

目錄 CONTENTS

肆 擬物而生

伍

脆弱

消息

他有戀人了
消息像一朵雲
飄到藍天中間
沒有下雨
沒有遮擋

我選了一枝很淡很淡的鉛筆
用信鴿踩過窗櫺的力道
把它畫下來
信鴿沒有帶著信紙

等等天空就會忘記了
但我會記得

壹

剪紙

「練習謙卑。有的時候愛很自大，
你不要像祂一樣。」

剪紙

你送過我一把剪刀
但我不明白
銳利的意思
心裡想著你可能
會喜歡的形狀
就把以為是多餘的部分
一次次地剪去

我以為這樣
比戳破些什麼
要來得好上許多

遙遠

我想終有一天
我會忘記你的模樣
像霧一般
漸漸逸散

還能找到你嗎
霧裡我曾經伸手
試圖牽住你的雙眼
手心已經熟悉潮濕
卻沒留住水氣

生活是清晰
是打開地圖
就知道要去哪裡
卻再也沒有遇見那場霧
和那樣的你

迫切

需要嘗試打開窗
讓光伸進來
讓我們的哭泣都天亮

需要下雪或是畏寒
來想起火焰的溫度
需要飢餓讓罐頭的彼此
不會成為
恍然大悟的那種過期

需要你視我為最急的症
必須照護，必須
成為你的賭注
更需要你不懈地試著
將我的一生
拉長，拉遠直至
不再夠用

原意

將我的身體空下
令你得以居住
你可以種下一整片
永遠不會開花的城市
也沒有關係

但未曾想過怎麼一流淚
就淹了上來
也從未想成為湖泊
在很久以後你卻回來
找自己的倒影

該怎麼讓你知道
那並不值得
我希望你可以更快樂

單身 I

放慢速度經過所有景色
拍一張構圖良好的照
但不入鏡
如一名無意義的旅人
那麼心死，是因為
知道身體與眼睛的流浪
總是殊途

單身 II

就是讓誰看過了心
後來才會覺得孤單

克服

有些事並不值得發生
例如：翻開新的日記本
看場太過刻意的電影
用打直的手臂測量對方的距離
手掌不該張開，在未能
抓緊任何之前
有些眼睛只適合挖掘
而不是飛行或抵達

即使愛人是天空
或是很接近誠實的
那種淺藍

尚未做好萬全準備前
有些深夜不適合掛念，此時
愛人是比光還亮的存在
會令你害怕，閉上雙眼
也感覺得到他在

令你質疑自己
是否再也無法被光照亮

澄清

——「如果今天牛頓是個詩人，他會發現愛情。」

蘋果正好
落在你的頭上
你笑著說
那是重力
不是注定

單戀

讀你讀過的書
看你推薦的影劇
聽遍你曾張貼的
所有歌曲

那些都不足以讓我靠近你
卻仍然反覆練習
包含嘆息
包含放棄

擅自對一個人
決定了愛
就會在傷心裡
找好自己的位置

相對

平凡無奇的夜裡
愛情是窗外喧囂的車聲
你是沉默

被吵醒以後
每晚每晚我都等它駛過
來試著找到
你在哪裡

等候

更多時候我們並不談論
明天，而是敘述如何
被柏油軋過自己的裂痕
如何在房間裡凋落
任憑節日經過如何
被雷聲定義初夏第一次抬頭

雨天踩過你的新鞋
很多時候。帳單安然地
蹲在桌邊，新聞沿日播送

像一隻跛腳的狗
緩慢走過我的前方
身旁的你突然說起天氣預報
未來一週都將陰翳
而且沉默
口吻宛如晚餐後沖洗雙手
疲憊而勤勞，除去水珠
就剩未做的夢

很多時候
我幾乎看見一些假設
一些如果，如果在遠處
有一場精準的失誤即將發生
無論時間或是我們

都必須等候，某天醒來
發現腳印與影子有所不同
我們終於習得新的語彙
在明天，以及更多的明天之間
跳躍、收穩腳步
回頭談論更多以後

37　等候

從小就不擅剪紙與摺紙，在文具店花十元買一包單薄的色紙，往往都沒能豢養出什麼小巧玲瓏的動物，每次的躊躇滿志，最後都只有獲得在指頭尖端、沾染了某種化學物質的乾澀感。

偶爾，反覆錯了很多次以後，終於歪歪斜斜地完成了一個立體的輪廓。嘴巴、翅膀、身體、四肢，撫著軟質的紙張定義它。那些被摺過又攤開的線，顏色脫落了，現出斑駁的白色的底，好像完成了，但又有點醜陋。

後來我漸漸理解，自己不擅長完成別人心裡的樣子。

即使不擅長，還是曾經在很長的時間裡，勉勵自己去做。削去自己的多邊、修正諸多的不平整，好讓自己可以像鑰匙一樣，成為誰回家的夥伴。

如果沒能吻合，就做一把比鎖還脆弱的鑰匙，也許錯誤的嘗試、耽誤時間都是必然，但不讓自己弄傷誰的門。

貳

停留

「也許有天施展完所有的膽小，
就會剩下勇氣。」

你在很遠的地方

我不知道怎麼接近
夜裡蜷曲的姿勢捉不到你
趴在書桌上
也碰不到

你在很遠的地方
沒有字可以待在你身邊
就連寫詩給你
也需要理由

但你知道嗎，即使
你是最邊界的那片烏雲
這裡整場雨的傷心
仍然和你有關

一起過節好嗎

還沒有太多的說法適合你
只是看見你瑟縮著
就想擁抱
不顧自己心口漆黑
料想你該是光
看得見我的心跳

也還有太多的話沒能說出
夕陽就已經收起
歌曲已經唱完，夜裡
我只能讓很多很多的夢

都不再落地
來猜測你聽見的表情

一起過節好嗎
與燈光一同明滅
擁有對方最新的影子
我多麼想收下你的顫抖
安置你的寒冬

在那之後
願能給你一片綠葉
或是一朵遲來的花
讓你不必歷經融雪
就能得知春日已近

後座

不想用現實的顛簸
來督促你抓牢
只是納悶需要成為你
多少的世界
你才會願意
張手保護

十二月

不想說話的時候
就去擦拭房間的玻璃
玻璃很悲傷
總是擦不乾淨

在年的尾端
鑑定自己的影子
是否又和誰相似
讀你的訊息
複習一些以為忘記的事

已經不會痛所以
很難確定有沒有好

只知道冬雨特別綿長
以為無傷大雅的事
總在毛毛細雨中
不知覺浸濕全身

演唱會

把票遞給你，我說
這是一張地圖
我擁有一間很小
很小的房間在裡面

像是音樂盒
歌唱完就會闔上

／

看你細數上面的字
像是輕讀出我
心事的地址

你指出座位
像指認星系
那樣困難
卻又絕對

／

聽歌
也聽你的腳步聲
聽你慢慢推開門
此時我喜歡讓你看見
我流淚的樣子

／

散場時候擁擠
你的右手像珍愛的手環
多麼合身
就將我戴起

捷運上
為了扶穩踉蹌的你
我推倒了內心
整座小城的牆

擁有

你閉起眼睛時
我的整個宇宙
都在作夢

微不足道

站在你的名字面前
我如此彎曲
越來越多折
就快要看不見

也許寫信給你
只是不知道你在哪裡
於是最後
自己住進郵筒裡

思索如何說出
不像石頭的話
已讓腦海的海平面
逐日攀升

昨日今日
把想問你的事
收回來的時候
又老了一些

存在

有願望的才是星星
有愛戀的才是眼睛

夢境

看同一部電影
想起你也曾坐在沙發上
桌上的晚餐未竟
卻從不感覺凌亂
為了難解的情節
倚靠在一起
形成巨大的困惑
整個夜晚
都因沒有人找到答案
而感到安全

想起愛
是曾靠在床沿
等你梳化
看你將盒子一一蓋上
轉頭對我微笑說
好了

明天都是一樣的

明天都是一樣的
早晨的咖啡　壅塞的通勤
失眠的時候
忘記一個陌生人的臉孔

時間在地上畫了一個圈
每天的我們都是指針
有人喜歡計算我們重疊有人
只在意我們什麼時候最遙遠

某天

我們終於也面臨
這樣的時刻
對坐著但不說話
看向比天花板
還要遠的地方
看向書架、窗外或是
沙發脫落的線

並未意會那些事物
都會變成對方的名字

我們幾乎在期盼雷聲
響起，就會有人先離開
但在雷聲之前
卻像是有誰在門外抽菸
而我們只能等
等他回來

萬聖派對

嗨
我今年扮的
是傷心的人

什麼，你說
我之前扮過了？

可是你不知道嗎
傷心是不會重複的
每次每次
都像新的

迷思

天要亮了
你該是醒了
從城市的另一端
整裝、出發
像個忘了什麼的人

而我要
做一場悠悠長長的夢
繼續學習：
彩色的事物
不代表真實

困局

很多時候我坐在這
天色沉了就關窗
晴天時拉上簾
不讓自己和誰有關

坐在這裡寫字
字碎了就畫畫
畫不完整
就靜靜躺下
當桌上那枝
沒蓋上的原子筆

很想說話
但沒再被拿起

很多時候
我只坐在這裡
若是想起你
時間就會提醒我
會用它的指頭
輕碰我的背
再悄悄離開

而我總是
在轉身回正之後
忘記自己能去哪裡

十月

曾經攜手的人
現在走到哪了
再聰明也不會知道吧
我們是注定分離
就再也看不見彼此

帳單過期，打開窗戶
發現冬天已經快要來臨
不再完整以後
一切的一切
都那麼猝不及防

抄寫過最美的句子
畫過最大的地圖，都扔了
後來開始習慣摺疊
對摺的愛情比較小
但比較厚

只是漸冷的日子裡
失去愛人的雙眼特別寬廣
總看見大街上處處
有人擁抱
有人愛得很好

再等一下

——「也許你有天施展完了所有的膽小，就會剩下勇氣。」

有些時候
用罄整個午後的停留
也逃不出
一首詩的頹圮
用盡屋裡的窗與門
也找不到你

有些時候
耗盡整個晚上的街燈
也僅是和你
說聲早安

灌溉

難過時候
謹記睡前澆花
想像自己也愛好水分
床是土壤
把自己深深栽進
明天
又能更茁壯一點

凌晨四點的街口，空氣變得更冰冷了。即使是盛夏，仍要加件衣服才合適。但我穿了連帽外套還是瑟瑟發抖。

最冷的是清晨、最熱的是午後。不知為何謹記著這個現象，好像一直提醒著自己，最冷與最熱並非午夜及正午。世界並非如此直觀又好猜測。你也是。我問你為什麼，你反問我：為什麼呢？自然裡那些不講道理的循環。為什麼冬天後面就是春天，為什麼不是更多的冬天，或是比冬天更加絕望的季節呢？宇宙呢，為什麼誰是誰的中心。我答不出來。

夏之後是秋。你說，一個字比兩個字的稱呼來得親暱，因為比較少。

這晚我聽熟悉的路燈說心事了，是的，它終於說了。它說，有次不小心閃爍的時候，與一個轉頭望向它的騎士對到眼。後來就很想念自己壞敗的樣子。我想我是唯一會聽它說話的人了，如同我已記得，從這裡離開，會經過五十一個燈號。如果你知道，一定會笑我，記這麼無用的事情做什麼。

如果我知道，我應該已經忘記你了。

又紅燈了，不知你是否曾有過那樣的經驗：在荒郊野外碰上過長又無人的燈號，卻還是等完了，二十秒、四十秒，甚至有些荒謬地長至一分鐘。午夜的號誌都是這樣的，這種時候，我會想像你穿過斑馬線，抵達安全島的公車站牌。那應該是另一個方向。

無論如何，現在的我，必須相信所有的紅燈都是有意義的。

參

字眼

「有些字你要輕輕讀，你的聲音原本是承擔不住它的重量的。」

練習

我還在練習起床
練習將荷包蛋翻面
不讓它煎焦，練習喝水
與輕唸你的名字
練習說愛時閉上眼睛
練習看你而不在意
身邊所有的消亡

練習不像花朵一樣絕望
曾讓多少綻放與荼靡

都無聲落地，更該
練習最後一次奮不顧身
讓你在我竭盡前接起

而那片唯一的瓣還未枯萎
是因為你願意握著

傷心

你在我的快樂裡跳了一支悠長而寂靜的舞

濫調

時間是最好的藥
但你卻是我的醫生

溶解

過去是桌上那杯咖啡
早已飽和了
我們還是
一人舀了道歉
另一人舀了謝謝
拚命往裡頭攪

枯等

他以為開花
便是你的一生
於是你用了
很漫長的枯死
等他回頭

過程

有時是走
但不一定要到達
有時只是閉上眼睛
未必要作夢

心誠實以後
身體會一起早睡早起
在那之前
不允許任何的
聰明或理性
計算和預期

你知道
選擇了傷心的捷徑
只會更快地抵達
另一場傷心

有時是要到過嚮往之地
見過荒蕪
後來才成為生活

一夜

夜裡我們
把自己的價格收起來了
每個人在燈光下
都是禮物
也是髒汙

天亮以後
你沒有把愛情買回來
而是留了一疊鈔票
什麼都沒說就
將自己提去典當

決定

「而我是一隻魚／我不能夠喜歡你」——〈魚〉，怕胖團。

學會在晴天買傘
雨天回家
為明天重要的約
洗了好看的衣服
即使改期
仍然記得去晾

所有準備都沒有派上用場
但你也並不真的想上場

養了一缸魚，想像
愛情在裡頭淹死的樣子
想像自己是魚
你其實不擅遺忘
也不喜冰冷與潮濕
只是別無他法

通貨膨脹

所有傷心的文字堆成山
也買不起一棟快樂的房子

社群

您已收回訊息。

已經練就把心掏出來
再擺回去的魔術
魔術的觀眾
是我自己

一切都無傷大雅
即使失敗了
也不會被拆穿

限時動態

將內心
巨大的聲音
壓成比眼淚
還要小的字

並不指望被參透
只是希望能像天氣預報
督促那個人
攜帶雨具

通知

你反覆抬頭
察看是否有你鍾愛的鳥禽
默默飛過自己的頭頂

你反覆問自己：
如果牠來了
該要立刻擊落
還是讓牠飛離

訊息

如果我為你養了一座海洋
你的一句話就是一顆隕石

大頭貼

不停看見過期的你
笑得很開心
一再核對五官
並且複習：你的快樂
已經不需要我的準時

動態

有時會不小心
讀到一封寄錯的信
知道他在哪裡
他過得如何
他愛誰

是自己不該站在
他寄得到的地方

封鎖

脆弱的我
擁有很多面鏡子

請不要責怪我
僅僅打破
你愛的那一面

如果

你是否知道如果
我們曾經捧起海水
體會美麗的事物
也會死在裡面
如果我們探尋
更多精準的字詞
來描述彼此的腳印如果
我們不需要假設
如果我讓你聽海浪的聲音
你便相信那是。

如果我們不再說話
傷砌成了牆，而你
並未留在另一側
我又何必翻越它。

「所有的嗯都是負面的。」

「除了在面前點頭鼓頰發出嗯的聲音之外。」

自幼學了那麼多的字詞，像在一幅畫裡反覆覆蓋上顏料，我總會記得它有過什麼顏色。有些字我一直找不到適當的讀法，像是你們。我。後來被問說，最喜歡人稱代詞裡的哪一個字，那是個奇怪的問題。

但我還是回答了：他。因為輕至幾乎淡去的尾音。我喜歡慢慢消失的感覺。

在國中時候，我喜歡翻字典。應付著作文之外，那些鮮見的險詞吸引了我：它們在生命裡從未使用過。它們很乾淨。像是還未被鑽石或玉石類的審美觀佔據之時，在溪邊看到特別的石頭，都會濫情地撿起來收好。被我收進口袋的字，會在初學時候，像七巧板一樣放進每個語境的模組裡，合了，就自然記了起來。那樣的模式後來沿用在生活裡，摸索著對事物的描述、形容詞。對戀人的形容詞。以及自己所收到的諸多敘述。

當我第一次收到「自私」的那個晚上，我曾努力照過鏡子，我以為看得出來。

後來察覺，一切並不全然是外顯的，詞語也並不僅有顏色和形狀，它也可以有心。如果說得太用力會把心給送出去；如果聽得太用力會不自覺把心擺在裡面。發現了心以後，漸漸有些詞成長出令人束手無策的生命，和自己對峙，甚至它想造成某種偏斜，以證明它存在。

像是曾被什麼字傷過，就一直以為它是鋒利的。從沒想過講出那個字的人，當時在心裡已經長滿了刀。

肆

擬物而生

「有些東西留在你那裡了，
如果你不要了，那我也不要了。」

學徒

他給你上的鎖
和你心裡的鎖
應該是不同把

當我遇見你時
還只會其中一種

沒有關係

你是否又哭了
我想成為小小的瓶子
為了接住你
不斷打翻自己

熄滅

也曾經是光
獲准參與
你所有的白晝
曾經是你
醒來的一種原因

後來我變成
更加刺眼的黑暗
每一次的相遇都讓你
低頭走過

雙棲

光明或黑暗
潮濕或乾燥
擁擠或寬敞
他都處得很好

他欣慰自己並不擁有喜歡
或是毀滅
持著半杯水的時候
也不多想什麼

他知道豢養若沒上鎖
其實很容易失去
他喜歡拍照的時候
獨比合還要絕對
也沒有誰比起孤獨
更像是家人

葉子

你能不能
在萬叢之中將我拾起
儘管我如此狹小
仍願意在我的葉脈裡
選擇迷路

紙蓮花

每一瓣我都摺好了
儘管風一吹
它還是會寂寞
下雨了也不會開得更好

不曾送過你花
只希望此刻它適合你

遮瑕

你的眼睛很美
裝得下煙火
也容得下遺憾

我把自己
妝得好好的
試圖與你相襯

那是我唯一能做的事
我們的未來
我無從粉飾

湖中女神

我並不能拿給你。

我會讓你想起
有些珍貴落在湖底
你不需要誠實
會有一個愛你的人
替你溺斃

實情

我愛上那個蘋果販子
但他把蘋果塗了藥
要我沉睡
等待下一個人

註：刊載於二〇一九年四月十九日的聯合報副刊，為【文學遊藝場．第29彈】童話詩之示範作。

牙刷

親愛的
我很抱歉
我把些許的早晨
留在你的浴室裡了
很短很短
也許只有幾分鐘
儘管當時的我們
總在鏡子裡看見對方
如同平常一樣

總能在
那樣的時間裡
照著鏡子
打理好一天的自己

冰箱

它最後一個發現你走
發現深處還有許多
你做好的準備
那些生活
都沒有光臨
每個都冰冷而孤寂

某天恍悟已經過期
依然會選擇拆開
過分謹慎的保存
窺探你的殘留

壞了便是壞了
若是感到可惜
堅持要嚐
終會引起一場病

都怪我後來太過節儉

125　冰箱

氧化

身體不斷老去
名字越來越多
影子卻越來越少

／

夏天又要走了
白晝變短和
變得寒冷
是一樣的意思

／

經過你上班的大樓
想像你恰巧搭上車走了
沒有發現我
站牌也不記得我要回家

／

我一個人切蘋果
一個人健康
這些瑣碎時候
感覺自己很好

／

夜深了
偶爾我會讓自己
也沾些鹽水
以防明天突然就遇見
被你發現

即使是空氣
也能將我傷得體無完膚

烏雲

你的天色暗了下來
我終於得以靠近
參與你的陰天
用自己的單薄為你
剝落、出走為你
數盡街上
每一張被傘隱蔽的面孔
我的擁抱震耳欲聾
願你體諒

那是我
最接近光的時候

時間推進
你會放晴
我不會變得乾淨

「覺得自己是一團烏雲。擅自參加了你的陰天。」

「不想要你是。你也可以給我一點陽光。」

我知道我不行，但沒有告訴你。

你知道嗎，當我想像自己是某個東西的時候，好像離你近了一些，成為那些身分，就能跟其他好的事物算在一組。例如咖啡就能伴著糖、葉就能涉及開花。烏雲跟陽光也能有一點點關係。那些想像的時刻，我感覺自己幻化成為其中的一種神祕又安定的物質，至少有一定的形體、樣貌。至少有單一到無法再熟稔的情緒。

事實上，無須透過我的想像，它們也實實在在地活著，我們的動作讓它們有了記憶，有了方向和力道。或是意義。你開了燈，燈就會記得自己要亮；你關了窗，窗會發現自己的身體正在為你遮擋。

它們實實在在地活著，因為在重要的時刻被需要。需要以後開始存在，然後被理解。

但我不是。就算我能有機會給你陽光，你也不是真的需要。

伍

脆弱

「你比我堅強許多，
所以我要開始恨你了。」

恨

也許是一顆整人糖果
你始終沒能送給他
於是自己吃掉
用力忍受
等它消失
內裡那塊甜的糖心
還是很難否認

憑什麼

星星如此明亮
都不奢望凡人辨認
自己的名字和樣貌
你又憑什麼
要求他

傷人的話

傷人的話
沒能交給他
收在懷裡，每天
用剃刀削去一些
沖茶的水多了
就浸著它
放軟

多年以後發現
憤怒的內裡

那麼疼痛
那麼接近愛

那些被削去的碎片
後來拼成自己的樣子

誤解

我的喜歡是黑暗
需要閉上眼睛
才能找到它

但你卻只用
房裡的燈照我
要我看你
很亮，亮到
我無法開口說話

脆弱

後來你習慣讓時間的尾端
多出一個刻度
蜷縮在裡面
揣測蛹的寂寞
即使自己無法羽化

日子其實緊迫
你卻更緩慢
或許毀滅與復原
是同時發生的

或許將來
流星會來得更慢一些

那都不要緊

在心裡持續療養
小小的願望
直到有天
不再需要實現

失去

你說出抱歉的時候
我並不明白
你的聲音
真正的樣子

只是從你眼中發現
有些我們
喜歡的事物
再也不
再也不是那些顏色了

不完全是恨

淚水從我這裡開始落下
你的玫瑰擺得太低
到達的時候
已經變成火焰

平行

曾經想像過
就無法否認它存在

即使差點成為未來的
那些事情
如今都像灰塵一樣了
比我們的關係
還要安靜

用抹布擦起、匯聚
嫁植到臉盆裡
打開水龍頭
讓它流得很遠
不被誰打擾

不都是這樣嗎
有些遺憾太像髒污
為了繼續生活
才把它放逐到
看不見的地方

無能為力

你的眼睛淹成大海
我卻不能給你岸
只能駛進風暴之中
以為自己和浪一樣疼痛

許願若有來生
願做無知的魚
一生在你的傷裡
尋找自己的心

關係

油漆剝落的時候
問候年歲

蟻群遷徙的時候
問候季節

閉眼的時候
問候未果的夢

你收完行李
轉身要走的時候
問候我們
還會再見嗎

想

想過我的陽台
為你掛了淋濕的外套
就擺不下其他衣服

它滴下來的水
我沒有學過
所以用掃帚去掃

想過它晾乾時
我應該還沒能把
地上的水漬整理完

也許此時的我
已經開始討厭晴朗

愛過的人

愛過的人
用親吻過的嘴唇
吃平凡的晚餐
拿著餐具的手
還是像沙灘一樣

他的頭髮亂了
但是已然懷藏
某種暗流
我不敢再驚擾

刀叉將闔起的蚌撐開
裡面沒有珍珠
只有細沙

他閉起眼睛
再睜開的時候
裡面也沒有了

我想你應該過得很好。

昨天又看了一遍我們的字，看久了，它們像心跳，我越來越需要安靜，才能感受我們曾經待在裡面。

遺失你會是怎麼樣的過程？是否也能按照步驟：指尖、手背、臉上泛起的淺淺酒窩，再來是你慣穿的淺色上衣，像百合花一樣遙遠。再來，或許是那杯喝不完的酒精飲料，以及抓著手臂走過的河堤。現在想起來像懸崖。在這之前，種種都安放在一棟小屋裡，屋裡有你，而我拜訪，你曾願意向我走近。你曾經像夢，我只要閉上眼睛就能期待你的光臨。

但最終你沒有光臨。後來我只能練習不作夢。

你可能不相信，我的生活是由練習組成的。練習早起、練習整理房間、練習好好吃飯、練習不失眠。在時間裡做記號，安排小小的驗收日，像個學生一樣，反覆每一個週期。

也有些時候，我不完全知道自己在學什麼，只知道我應該持續下去，那些動作，彷彿挾帶著些許的運氣——像是跳繩要連續跳過三百下、畫直線的手要求沒有震顫。好像都告訴我，這次不行，就再試一次，總會有一些結果。

總會有一些結果的。

後記

練習之後

1

比預期還要早醒來。靠在枕上，看著電子鐘一格一格跳動，突然就覺得我不屬於任何地方。再睡一下好嗎。想起自己似乎在睡前試著背誦一些口訣式的句子，唇形仍記得，字卻忘記了。那令我感覺恐懼，好像將手臂舉至一個特定高度，卻搭不到肩。回身卻看不見人。

2

身體總是像證據。

所以關係結束時我們習慣湮滅它——壓低多少身形，才能聽見對方說話；散步時要跨多大的步伐，才不容易成為孤單；牽手的時候，拇指習慣在上還是下。以及對方胴體的觸感。如同設定般逐一歸零。

我其實不清楚湮滅的過程是如何發生的，是再次看見你卻沒有讓自己多走上前一步，還是在四肢變得自大之前就先別過頭去；是刻意地奔跑，還是再也不去走那條路；是忘記你或自己的手掌，或僅僅是用下一隻手掌覆蓋。

我真的不知道。我只知道一切都在變得模糊。

3

模糊與清晰是反義詞。是不是也與乾淨有些無關？

4

發現有些事是毀不掉的。它烙著，或是像無理的絲線纏盡了思緒。有些淡得像風，令人太輕易地將它的存在視作理所當然。

無法毀棄的事情，我索性把它放在記憶的真空罐裡。說來矛盾，我不太相信永遠，但卻十足信任那些篤信著永遠的人們。有些很短暫的片刻，我也會想成為那樣的人。那樣的人總是能泛著光，那種就算世界熄滅了也仍然存在的光。

5

欸，我始終記得周而復始的某一個早晨，那天我們該是趕著出門，時間如此急迫，我卻還是在沙發上昏睡了。我記得沙發的柔軟，記得桌上的早餐漫著香氣。記得你輕彈我額頭的手指像初陽。

但我再也無法想像我們的緩慢了，緩慢到能夠看見依附在險坡上的小溪裡，那些對抗宿命一般的洄游。

6

在記憶跟前是否有一只未曾感知到的篩子？否則我們不會如此自然地記下同樣色調的事物。

7

上次我和友人談起你，我說：我和你共有的回憶非常少，我必須加倍小心。友人歪頭問我，加倍是什麼意思呢，或是，有沒有什麼得以衡量程度。我也不知道，我回答。

也許像是某天發現你已不再想念我，心從此變得很沉很沉——也許是那樣的倍數關係吧。

8

因為你我開始試著不那麼安全地過活，除了在意自己之外，也開始分心去在意其他事。你知道嗎，我曾經寫過「若我未曾在意宇宙／就無法察覺有些星系／正在讓人傷心」這樣的句子，它不是頹喪的結論，而是一種恍悟。

我開始嘗試大聲地問問題，你喜歡我嗎，你想擁抱我嗎，你在乎我嗎。我慢慢聽見自己聲音的顫抖及破洞，看見自己的欲望孱弱地躲在防備之後。

9

原來反覆遺忘，是在練習記得。那些無法再被複製與刪除的時刻，它們能夠那麼美好又脆弱，是因為很愛。

0

練習之後，是更多的練習。

智慧田 115

脆弱練習

作者｜陳繁齊
出版者｜大田出版有限公司
台北市一〇四四五中山北路二段二十六巷二號二樓
E-mail｜titan@morningstar.com.tw http://www.titan3.com.tw
編輯部專線｜（02）2562-1383 傳真：（02）2581-8761
總編輯｜莊培園
副總編輯｜蔡鳳儀
行政編輯｜鄭鈺澐
校對｜金文蕙／黃薇霓
內頁美術｜陳柔含
初刷｜二〇一九年十二月一日 定價：三五〇元
六刷｜二〇二二年五月十二日
購書E-mail｜service@morningstar.com.tw
網路書店｜http://www.morningstar.com.tw（晨星網路書店）
TEL：04-23595819 #212 FAX：04-23595493
郵政劃撥｜15060393（知己圖書股份有限公司）
印刷｜上好印刷股份有限公司
國際書碼｜978-986-179-581-2 CIP：863.51/108016012

國家圖書館出版品預行編目資料

脆弱練習／陳繁齊著.
——初版——臺北市：大田，2019.12
面；公分.——（智慧田；115）

ISBN 978-986-179-581-2（平裝）

863.51 108016012